歌集

レンズ雲

沢田麻佐子

Sawada Masako

青磁社

レンズ雲＊目次

沢田麻佐子歌集

レンズ雲

針の音

雲は過去　等高線をすみやかに越えて来るなり影従えて

オルゴールの針の音きらめく卓上に広場のような秋が来ている

清らかに水音響くマンホールの鋼《はがね》の蓋を跨ぎてゆけり

栃の木の下に揺れいる陽のひかり水のごとしも風にひろがる

目覚めれば畳は昏し　ひいやりとうち寄せらるる午後の渚に

ランパルのフルートひくしゆうぐれの闇を浸してガラス戸立てり

マウンテンバイク

葉桜の並木の間《あい》を腰高き男の子女の子がそよそよゆけり

ときおりを鳥影よぎるテーブルにはるかとよべる果実を剝きぬ

屋上に来ればあなたはゆっくりと気付かぬほどの距離を持ちたり

アボカドの思いがけない粒の花　初めてという子と覗き込む

いましがた上がりし雨がざわざわと並木を抜ける風に滴る

一本の水平線がごつごつと揺るる和音を押さえておりし

子の残ししマウンテンバイクに跨りてうらうらと夫は午後を出てゆく

何事もなく

不可解な矢印は夢につづきたり朝《あした》の舗道に描かれてありしを

きしきしとガラスを拭いているような日を重ねたりふり返れば

たちまちにかき暗みゆく西の空東の空は何事もなく

ゆうぐれはうしろから来る　半開きの扉鋭く影に立ちたり

バタイユの『青空』のとなりにしんとして立つなり『葛原妙子全歌集』

人の胸で爆発したるケータイの事故がちいさく紙面にありし

革の手袋

とりどりの夕焼けはじまる窓々に何も映さぬ一瞬がある

横顔が夫に似ており　いっしんに羽繕いする青きインコは

粉雪の降る感傷を用意してわずかに緩ぶ空を仰ぎつ

雪雲の広がりて来る夕空のかすか響けり広き硝子に

灰色の影を落として降る雪は外灯の輪に吸い込まれつつ

玄関に生けたるゆりの花束が強く匂えり夜の廊下に

底なしの谷かもしれずわが窓はきさらぎの雪夜通しふりつぐ

きしきしと雪を踏みたる感触もあらずたちまち消えてゆきたり

あおぞらが憎悪に変わってゆくまでをきっちりと革の手袋を嵌める

地下エレベーター

テーブルのにぶきひかりのひたひたとゆうぐれは来る　また眠らねば

晩夏《おそなつ》の日射しあまねきみちばたにじんじんと立つ電信柱

壁面に夕陽を浴びて剝き出しの背中を見せた団地が並ぶ

誰か夜の地下エレベーターより上がり来る鋼《はがね》のような髪かがやかせ

投網のようにひろがる雷《いかずち》に立ち上がるなりきのうの街が

夜のニュース画面はふたたび渋谷駅交差点付近よりひろがりし雨

白き広場

十一月のひかりは液体のごとくしてひと筋垂るる朝鮮あさがお

アベリアの枝交差する脇道で誰ミィちゃんと呼んでいるのは

雨の粒残りておりしベランダの手すりを拭いてジーンズを干す

頭の上はふかきあおぞら　歩いても横切れぬ白き広場を歩く

落花生畑のカラスは五羽六羽数えるうちにまた飛んで来る

娘の家を訪えば留守　窓際のベビーベッドに陽は差し込んで

休日の過ごし方にて生活の質を問わるる時代は終わる

「デルフトの爆発」

片側に吹き寄せられし楓《かえるで》の落葉に沿いてバスを待ちおり

中途半端な折りたたみ傘に濡れながら美術館入口の列に加わる

昼つかた木立の間《あい》に点りたる精養軒の灯はうつくしき

「デルフトの爆発」作品保護のため出品不可となる由のこと

レストラン〈すいれん〉の中庭に降る落葉　肉の焼き方問われておりぬ

人の背に従いながら絵を観たる疲れよ夜の電車の窓に

薄氷

枯れきったエノコロ草は冬の陽に戦ぐともなくびりびりとたつ

感情の切羽詰まりしさまに似て雪は降り来る薄き陽のかた

枝影は路上に流れまひるまの水底に行くバス停がある

やわらかく影を置きたるくすのきの裡裏《うちら》にひそむ万のよるの眼

強いひと　そうかもしれない薄氷《うすらひ》の上を歩きぬぱりんぱりんと

いくつものみずのかたまり崩れゆくふんすいははがねいろにかがやき

みずうみへ降りてゆくごと階段の暗がりをゆく白い足首

ふるふるとやさしい音をききながら受話器の闇に人を呼び出す

〈風祭〉

原口統三の長い睫毛に憧れし日のありにけり冬の水仙

夜の薄き硝子窓緊りゆく気配ひりひりと降る初めての雪

ここからは帰路となりゆく日の暮れの〈風祭〉とう信号を越ゆ

ステンレスのように光れる寒の雲動かず窓の一隅に棲む

ふりかえるわたしを待ってくれしひと向こう岸より片手を伸ばす

みどりごは少女となりてゆうぐれのバスを待ちおり青い服着て

天窓にひかりとどきて彫像の白き夕べの肩翳りくる

冬の机上

漆黒のピアノがひとつ潜みたるひかるめがねが冬の机上に

翌日は晴れなる不思議　ベランダにぼんと干さるる黒い蝙蝠傘《こうもり》

ゴルフ場が麦畑ならばという話　うっすら冬の日差しは及ぶ

スコップで雪をすべらせ運びいるふりむくたびに遠いふるさと

ねむりゆくまえにひとたび聴きしのみ雪の原より響く列車を

レンズ雲

石段のなかばあたりであらわれし黄色い蝶が影にまとわる

とりどりの立葵咲く家々が窓に流るる終点近く

遠雷はとぎれとぎれに　水に濡れたように明るむ廊下の果てから

にがうりの花はちぢれてぽっつりと実の先端にとどまりており

玄関のドアに凭れて待っているこどものこころに点る外灯

ガブリエラ・ミストラルの詩集求めし書店の跡地に広がる水溜り

レンズ雲が山の真上にかかりおりそのまま暮れてゆかんとしたり

渦巻くあおぞら

トンボ玉のくびかざりひとつ求めたる夏の終わりの物産展で

明け方を降りたる雨に水流の勢い響く橋を渡りぬ

「踊り場的景気回復」叙情的言葉と思えどこの頃聞かず

筋力がおとろえゆけば鬱になるひとの話は本当らしく

頑張れば報わるる時代を過去にして娘と息子は老いはじめたり

指貫をせしまま半日籠りたり　夕刊取りに階段下る

秋づきし通りの窓に黄金の細いトロフィー並んで立てり

台風の眼はよぎりゆくコンクリート広場の上に渦巻くあおぞら

朝の通り

ライオンは老いてゆきたりうっすらと及ぶ陽差しに眼《まなこ》つむりて

アラベスク模様の椅子の背凭れを引いて夕べの食卓につく

こなごなに砕けし硝子を踏むような　ひとりは怖い満月の夜

テーブルの上に逆さに置かれたる椅子の脚見ゆ朝の通りに

陽を反す沢山の窓小さかりき　昇降口を出てふりかえる

捕われの人かもしれずサファリパークを素足で歩くマサイの人は
猛禽の横顔を持つ外つ國の人がロビーで腕を組みおり

青いクロス

井戸底のように明るむなかぞらを蝙蝠は飛ぶ行きつ戻りつ

いっせいに窓枠きらめくゆうぐれの外階段を登りてゆけば

歌のことばかんがえるときわたくしのなかのあなたを強く意識す

おとついの記憶はすでに在らずして朝のコップにミルクをそそぐ

青いクロス広げておりぬテーブルにカスピ海ヨーグルト育てし頃は

四階のわが窓の辺に咲きいづるコーヒーの花　アボカドの花

在らざる時間

距離置きて疎遠となりたるひとの死がひらり舞い込む秋のゆうぐれ

亡きひとに在らざる時間　さりさりとトランプをきる冷たいゆびで

つつましく並んでおりぬ里方の背中のちいさき抱茗荷紋《だきみょうがもん》

詠めるうちに歌を詠むべし会えるうちは人に会うべし　切に思いぬ河野裕子を

さわがしきくれがたの森　東京へ逃げたインコが集まるという

湯を沸かし菜をきざみつつキッチンで私は何をかんがえている

大いなる楕円のテーブル居間にあり上には物を置くべからずや

裏通り歩けば細きコスモスに道ふさがれてまたひきかえす

〈ともしび〉の頃のあなたを知っている　ふり返り見るあかがねの空

予知能力

こわごわと誰か覗けるマンホールのなかのまばゆき月のひかりを

水雪は曇り硝子のようないろ廂が深くつづく廊下の

海越えて売られてゆくのか鉄屑の山が置かれる港のはずれに

不安げなまなこにこなたを見ておらんとあるスーパーにつながれし犬

なにゆえに鉄橋やダム怖るると今なら答えられるだろうか

予知能力ありしインコと思わねどみずいろの羽根ふわり落とせり

こんにゃくの地盤の日本列島と聞いておりたり　まだ揺れている

蛍光灯まばらに点る店内は青いプールのしずけさにあり

横顔はただなめらかに点されし通過電車の窓の明かりに

黄のビオラ盛り上がり咲く四階のベランダに来る一匹の蜂

雨後も青空

栗の花匂うベランダけじめなく吹き垂るるなりこの曇天に

湿りたる風に膨れし街路樹の暗く戦《さや》げる下を通りぬ

梅雨寒の朝《あした》を鴉はちりぢりに鳴き交わしたり団地の空に

小判草の歌を知るゆえ道すがら揺れているなり小判草の群れ

葉桜の奥処より落つるひと雫たちまち夜の雨となりゆく

反論をせんと思い立つときにマスクの上のめがねが曇る

門限は無けれど黒き鉄の門手を差し入れて錠を外しぬ

ぽっかりと雨後も青空　ステンレスのボールにたまごをひとつ裂きたり

六月の並木を抜ける自転車の背はくらぐらと風を巻き込む

ブータンシボリアゲハ

石の橋渡りて来たる日の暮れは細き蹄のかかと響かせ

ざらざらと晩夏のひかり白壁にふたたび差してすぐに消えたり

青空のまま夜が来る　ふわふわとヘリは頭蓋を点らせながら

この秋の朗報として幻のブータンシボリアゲハはうつつに

残年にとき放たれていく夫よ今日は金時山を登るらし

生き延びし者のごとくにふらふらとコンビニのあかりに寄りゆかんとす

午前中に塩を買わねば　山を越え峠を越えることでもないが

小町通り

菰や傘さして牡丹が咲いている八幡宮の脇道の辺に

匿われしように墓石の集まりて澁澤龍彦も眠る浄智寺

農漁村の頃の鎌倉知るよしもなくて彷徨う小町通りを

熱海よりの源泉と聞く鎌倉の温泉宿で風邪をひきたり

「晴子」とのみ刻まれている美しき墓在りにけり駆け込み寺に

落葉は空へ

買い物に行ったのだろうか　パソコンは青色光線放ちたるまま

天気予報通りの雨に打たれつつ一台一台バスは発ちゆく

表から裏へと変わる空模様長いトンネル抜けて行くたび

親不知の波の高さを送信す　勤めに出てゆく娘のもとへ

西の空徐々に崩れてみずからを追い込むような雨となりたり

謹呈の歌集が一冊　何者か潜む気のする郵便受けに

木に戻るはずもなければいっせいに舞い上がるなり落葉は空へ

きょうよりあした

ひとつぶの錠剤飲みつつこの夏に小さき手術控えておりぬ

テーブルの上にいびつなピーマンが三個置かれぬきょうの収穫

がらがらの昼の電車に熱風がなだれ来るなり停車のたびに

ハンドバッグ持ちて勤めし若き日がわれになきこと子はいぶかしむ

新しきたたみのへやにカナカナの声は届きぬとぎれとぎれに

正確に落ちる点滴見守りているうちにわが夏は終わりぬ

間を置きて花火は上がる　ふたりして仰ぎ見るなり遠き日のこと

癒えてゆく感じは妙になつかしくきのうよりきょうきょうよりあした

信号待ちより歩き出したるともだちはすれ違いざまハイタッチして

夜の入口

富士山の見える暮しに慣れぬまま富士の立つ位置確かめている

夕闇のかたちを保てるくすの木の傍らを過ぐ影を持たずに

「帰り来ぬ青春」二枚組ＬＰのシャルル・アズナブールの歌声

雲の影ぺらりと丘陵を走りゆくあのように死は訪れるのか

日の暮れは夜の入口　ひったりと背を翳らせて扉が立てり

急行は止まらずに過ぐ螢田に虹はなかりし窓の流れに

空調がしずかに満ちいる病院は白い客船　あおぞらの下

竹藪の上を渡った蛇がいる子供のころの怖い話に

十一月の星座

ぱらぱらと防虫剤がこぼれたりダウンコートの袖のなかより

噴水が止みたる後に見上げたる十一月の星座の位置を

まだ雨に濡れし石段下りゆく幼稚園児の列のうしろに

夜半に来て朝《あした》に帰る息子なりシャワーをながくながくつかいて

雨ののち晴れまた雨の玄関に見なれぬ傘がふえてゆきたり

日の暮れの時間は早し　くきくきと階段の影せり出してくる

みえない息

臆病なインコは夫の肩の上そのまま夜空へ飛んでしまえり

しろじろと冬の河原に大小の水たまりあり流れを持たず

裸木の梢にまるく繁りたるあれはやどり木　鳥が入りゆく

たくさんの鳥を映した日の暮れのガラスが曇るみえない息に

ちらちらと梅の咲くころしのばるる名のありにけり如月小春

微熱あるひとのかたえに消音で観ており冬季オリンピックを

少し手を伸ばしてフェンスに巻きついた枯蔓を引く通りすがりに

放射状に広がる影のみなもとに樟の樹は立つ冬の公園

若き日に夫の撃ちたる鹿の首突き出ておりぬ居間の壁より

この部屋にふさわしくなき鹿の角ほめられており刀はなけれど

繭玉のような夕日がぼんやりと梢にしばらくとどまりており

ちかぢかと空を見上げる蠟梅は老いたるひとの手の皮膚のいろ

ガラス壜

てのひらの雛のインコはきっと青　ブルーバードが夫の口ぐせ

「たくさん食べないと大きくなれないよ」子に言い聞かすごとくインコに

生垣のすき間より白猫あらわれて一コマずつの午後と思えり

はたはたと風が過ぎたり　窓に見るさくらは脆し夜の寒気に

ねこやなぎ挿したるままのガラス罎　糸のごとき根その茎に見ゆ

六億トンの氷を持てる天体がうっすら昼の空にうかびぬ

こわい広告

小判草　黄金いろのときは過ぎ茶色くなって枯れてしまいぬ

垂れ下がる暗幕怖れき少女期の映画劇場　理科室の窓

世に出づるはこんな感じか葉桜の小暗き並木を抜けるまぶしさ

間延びした声にて風が届け来る折々に市役所からのお知らせ

「あなたはあなたの食べたものでできている」新聞にあるこわい広告

水田の上をしずかな青空の縁がめくれて風が過ぎゆく

ぶあぶあと音は行き来す水無月のほんの晴れ間をヘリコプターは

仄青く点る電源　ぬばたまの闇をたたえしパソコンをひらく

テーブルの上に置かれし痛いほど切り込み深きガラスのうつわ
あけがたの地震の震度を確かめるためにリモコン手でさぐりたり

パラグライダー

前線は戦争用語と知りたれどしずかに秋の雨は近づく

眠られず石の館《やかた》のレベッカを訪いにゆくあかり掲げて

見覚えのあるような薄いてのひらがひらりと夜のポストの口へ

晩夏のひかりに倦みてあおぞらの汀に泡立つ白さるすべり

とろとろとゆうがおの実を大鍋で煮ており月の上がらぬ前に

小太鼓の響きが消えて校庭は波打ちながら夜に入りゆく

パラグライダー漂うをしばし見上げたりまばゆきビール工場の上を

下葉から枯れてゆきたるあさがおのちいさき花がぱらぱらと咲く

流れ迅き川の真中にうっとりと立ちておりたり一羽の鷺が

詮無くて座るベンチにすこしずつ寄り来る鳩のあかい脚見ゆ

蝙蝠が空引き降ろす日の暮れの柔らかき闇のなかを潜りぬ

地のルート空のルート

そこにいたひとの気配が濃くなって何かを隠すカーテンの裾

走り雨風の吹く間にガラス戸の雨の粒々さっと消えたり

噴水は止まりたるまま　ばらばらに木よりはみ出す影は伸びゆく

メガネフレーム少し押さえておもむろに言葉を返すこの人は苦手

盛り上がる葉を両の掌で確かめて一鉢選ぶあかいシクラメン

朝刊がゴトリと落ちる玄関に冬の冷気の響きも届く

大いなる磁場あり寒の中空にメタセコイアの放たれていく

地のルート空のルートのくっきりと晴れ渡る午後ひとり臥しおり

「日没」までに

ギャラリーの階段登る　藍の海描きしひとの回顧展あり

後藤健二氏ＩＳにより人質

夕刊の見出しは深く差し込まれ人質交換「日没」までに

開かずに今日はカバーをかけておく何か怖くてノートパソコン

ヘリコプターの旋回音とプロペラの動きがずれていくような不安

迷いつつ雪は降るなりバスおりしわれのめぐりにしばしまつわる

降る雪は予知されており日の暮れの窓は閃く箔のごとくに

「夜の窓」ここに集いしひとびとのなかにおりたり『塔事典』ひらく

裸木のさくらの枝がなまなまと影を拡げる道を急ぎぬ

すこしずつすこしずつ日常は狂いゆく〈あなたはテロと戦いますか〉

銀のフレーム

空き缶の一つ転がる麦畑　麦踏むひとを見たことはなし

落葉になかば埋もれしじゃがの葉のつややかになだるる春一番に

見つめれば見つめ返してくる人の微かな敵意　銀のフレーム

並べてはまた裏返す言の葉をうかべておりぬねむりの淵に

うつうつと並木の桜はきりもなく膨らんでゆくこの曇天に

校庭を囲むさくらの花びらが舞い上がるなり子らもろともに

玄関のドアを開ければなつかしいねむたいようなインコのにおい

ナガミヒナゲシ

覗きいる感じに鋭く陽は射して吹かれてゆけり五月の並木を

大樟の見ゆる窓の辺　透きとおるめだかの泳ぐ水槽を置く

誰がポケットに運ばれて来しひとつぶからうとまれず咲くナガミヒナゲシ

きゅるきゅると廻る音せりやぐるまのとり残されし夜のベランダ

校庭に散らばりている子らの影固かりしかな立夏を過ぎれば

屋上に反射している白い背はときどき消える声を残して

用意した傘を差さずに歩きたり若き人等は律儀にさして

陽を受けた身体《からだ》に疲れは兆しくるひといろにつつじ咲ける坂道

あなただったの

樫の木の傍えの電話ボックスにひらいたままの電話帳あり

夜の壁より聞こえし歌は覚えあるベルベットボイス　水のあふるる

雨上がりのアスファルトにはなまぐさきにおいが満ちて夏のはじまり

煙るようなコスモスの葉の繁みより呼び止めらるる　あなただったの

ドライヤーで髪を乾かす夜の更けの鏡を覗けばインコの貌が

喪の服

死んでから会いに行くのかふるさとへ兄の通夜と葬儀のために

肩パット外しし夏の喪の服をとりあえず着て通夜の席に

贈りたる桃のお礼を電話にて聴きたる声は二週間前

籐椅子に座りし母は小さくてああまたわたしをぼんやりと見る

とつとつと次兄は語る実子なき後添いである母の立場を

箸のあと素手にて拾い納めたる嵩の少なき兄の遺骨は

よく食べてすこし陽気な母なれば忘れておりしか葬儀のことも

県境を越えて車は走りゆく神社は夏のまつりのさなか

アレキサンドリア

あけがたの冷気はしんとガラス戸に立ちておりたり頬の冷たく

芳香のひと房アレキサンドリア萩原葉子の随筆にあり

雨の上がる兆しのありてじじじじとにじみだしたり蟬の鳴き声

きのうから練習しているメヌエット　バッハの曲じゃないんだってね

せわしなく黄の蝶が飛ぶ草の上　大型台風逸れてゆきたり

濁流を受け止めているこの橋は意識をすれば渡れない橋

アケボノ杉

晩秋のひかりに山は眩みたり　とどろく滝の全容見えず

よじれたるままはさまれし栞紐「麦」の字のある歌集半ばに

鱗雲　鰯雲　鯖雲だんだんと空は膨れて日の暮れになる

十一月　朝《あした》の雨はただ暗く青い炎でミルクを温む

遠雷か空砲なのかあの山を下る途中できこえてきたのは

どんぐりを諍いて踏む幼子に自虐のこころもはや芽ばえて

山峡の間に架かりし赤い橋短かき列車が陽のなかを過ぐ

心電図の尖りのように静かなり冬のほとりのアケボノ杉は

ピアノ調律師

制服の高校生達過ぎしあととり残されし坂がひかりぬ

ぎっちりと五ハイのかにが詰まりおりふるさとからの宅急便は

かにの甲羅に日本酒をそそぎ食卓にもうすぐ帰る夫を待ち居り

「来年も伺いたいです」と前立腺がんを明かししピアノ調律師

高音に移りゆく指の繊かりき波の先端きらきらとせり

ひらひらと喪中はがきを書きておりともだちはみな兄を知らねど

公正証書

午後五時を過ぎれば誰もいなくなるすこし疲れた贋革の椅子

入院を控えし夫の覚悟などインコは知るのかひざに止まりて

あおぞらにおと籠らせてヘリコプター落としし影が山肌をゆく

遺言のすすめを書きたるパンフレット公証役場の入口にあり

あきらかに男の鴉だ　粗々と声を残してさっと飛び立つ

大きめのクッキー缶にしまいたる公正証書は夫からのもの

執刀医ほか三人のドクターのマスク無き貌ネットで確かむ

今夫は眼下のまばゆき渋滞の２４６を見ている頃か

あの山へはもう登れない　目をとじてゆっくり仰ぐまぼろしの峰

がん保険給付金等請求書ひとり書きたり折り目を伸ばして

去年のような

ジーンズの線の硬さが身に沿わぬ春のひと日が暮れてゆきたり

風呂敷を被った鳥籠　リリりりりとインコは目醒める誰よりも早く

ひとつぶのわたしのチョコを　アルコール受け付けぬ躰《からだ》となりたる夫に

石垣に貼り付いたままのはなびらに雨が降り来る去年のような

おつかれと言いてほほえむひとたちとすこし歩けり外灯のした

KOBAN は無人の建物　隧道を抜ければ異界の夜に点りて

家を売り船旅に出るヒロインも現るるべし春のみなとに

敷道の上に影置く電柱のふとぶととあり日ざしを吸いて

屋上より見下ろしている交差路を猿《ましら》のように人が駈けゆく

初秋の駅に

にがうりの蔓は払われお手本にしたき家族の団欒が見える

死にし母今の母という呼び名にて語ることありふたりの母を

生米をばらまくように南天の花は終わりぬ玄関先に

声だけの鴉は静か　啼きながら確かめている空のおくゆき

残されて風となりゆく真昼間のただひろびろと初秋の駅に

表情が見えているなら感情もあると思うよ空の雲には
きつすぎて感傷的にはなれなくてくさはらに咲くキバナコスモス

冬の画廊

ひとりひとりスマホの光にうっすらと顔をともして夜の硝子に

終電に息子もいるはず　返信のないまま終わる季節はしずか

星々を眺めるように立ち止まる空間にひとり冬の画廊は

さむざむと未明の夢に戻りゆく落葉は路面を引きずりながら

夜にひらくライブハウスは海のほとり村上春樹は妻伴いて

一本の線の途中でほどけゆく飛行機雲をときどき見上げる

さびしくて摑まえている手のなかのインコが見せるむらさきの舌

二度の婚捨てたるひとはすっきりと黒い服着てオキーフを語る

あのひとが今日も来ているギャラリーの戸口に傘が一本置かれ

絵のなかの径をゆっくり歩きたり　この先に深い崖があるはず

糸魚川

二〇一六年十二月糸魚川大火災

糸魚川の地名は不意に切なくて聞いておりたり師走のニュースを

親不知・市振・青海・糸魚川ふるさとにつづく海沿いの町

糸魚川の高橋さんはいとたかさん担ぎ屋さんの出入りせし家

おぼろげにわれは知りたる父の指す方角の遠き魚津の大火を

糸魚川越えし頃よりゆうぐれの海がわたしに近づいて来る

御守りのように取り出す兄の言葉ひとりになればここに戻れと

店じまい多き故郷の通りには海へとつづく融雪溝あり

夢かもしれず

ポスターの一枝の開花は今ごろかこの梅林に今年も行けない

『タンパク質の一生』待合コーナーに持ち出し禁止のシール貼られて

連れのなきひと多くして静かなり病院脇のスターバックス

硬貨入れてお茶を求めることに慣れどれにしようかすこし迷いぬ

着替え置き病室出る際かつてなき表情で夫はわれを見ており

ひとつひとつひとつひとつが唯一の限りなき灯よこの窓の辺に

冬の陽を受けし団地を遠くよりふたりで見ており夢かもしれず

蠟梅の実

あけがたを飛び立つからすは肉声と呼べる啼き声裡に残せり

糸屑を散らしたようにアガパンサスの花は終わりぬ日影の抜け道

炎天の舗道に転がり落ちている青き毬栗避けて歩けり

北の部屋と南のリビングつなぎたる細き廊下に窓は無かりし

わたしだけになってしまうのか　子供部屋と呼んでいた部屋北側の部屋

貸したまま忘れてしまいしＣＤを渡されており遺品のように

「なかを開けてごらん」と誰かに渡したきからからからと鳴る蠟梅の実を

ねばねばと蝶が飛びゆく扇子より生れたる風に送られながら

好きになれない

知らぬ間に夾竹桃は伐られたり　毒を怖るる理由《わけ》を教えて

横顔をいくつも重ねていくうちに遠くなりたる兄と思えり

ああやはり亡くなったのか調律師の土田さんはあれから六ヶ月後に

幸分けるごときひと房テーブルにあなたと食べるシャインマスカット

便箋と封筒揃いの花柄で届きし手紙　好きになれない

「お母さんのジャッジは厳しすぎるから」そうかもしれず夜の大樟

写真のなかに

〈昭和浪漫派〉面と向かって澤辺さんに言いしことあり二上家のサロン

「歌を作っていればいいことあります」と高安先生折りに告げたり

見下さるる思いはあらず「うん、うん」と頷きくれし本郷義武

棒のような両脚そろえて正面をわれは見ており撮ったのは誰

右に澤辺さん左に笑顔の清原さん二上さん福森さん古賀さんもおり

亡き人は亡きこと知らずに集いたる写真のなかに夏巡るたび

もう会えることはなからん　亡きひとの古い歌ほど覚えておりぬ

「塔」会費納めつづけておりしこと歌より遠く離れたる日々に

羽ばたき全開

陽の届く二階の窓から見て居りぬ産毛のなかのちいさき枇杷を

エフ孔のなかに生米をぱらぱらと入れて振りたり呪《まじな》いのごと

「四階以上は蝙蝠に注意して下さい！」と管理組合回覧板に

雪原となりてしずけき校庭の真中にひそひそからすが寄り来る

ところどころ雪の融けたる脇道を子供が二人跳ねながら行く

想像をすればなにやらほのぼのと夜の団地を飛び交うこうもり

こうもりの羽ばたき全開　四本の指は翼の先端にあり

給湯器のファンに絡んだこうもりはこねずみほどの大きさなりき

楕円のテーブル

少女期は寂しきものか兄二人いる幸いに気付かざりけり

飼い主よりやや急ぎ足　つまさきで前を歩けり細身の犬は

石段をくだればいきなり積もりたる落葉の風に吹き上げらるる

まなざしを持ちたるままに石蕗の花もほとびて冬に入りゆく

雲ひとつなしと思いし青空に羽毛《ダウン》のような雲が生れたる

日差しややかげりし舗道をぱらぱらと雀は飛び立つ落葉のなかより

夫の姿馬は覚えているらしく遠くで動かずこちら見ており

青草を両手に集めてゆっくりと近づいて来る馬に与える

その昔生家に馬のおりしことまた語りたるぽつりぽつりと

このままに治りてゆけることはなきか落葉に埋もれし石段を登る

みずならの楕円のテーブルふたりして選びたる日の若かりしかな

手持ち時間

誰にもあるひとりの時間　うつむきてめがねを磨くランプのように

日の暮れの籠よりインコを放ちやる腕に止まりし脚冷たかり

存在を忘れてしまうようなほど軽くて白い電話機を購う

電球が切れるまぎわは明るかり　体調良すぎて兆せる不安

眠られぬ夜がそこまできておりぬ雨を思えば雨の降りたり

手持ち時間カードのようにひろげたる顔の見えない真向いのひと

「ただいま」と誰《た》が声のするあけがたの夢のなかなる廊の奥より

アイスティー

吹奏楽コンクールの少年少女達夏の広場の木蔭に集まる

充電の残量を示す嵩ほどのアイスティーがテーブルにある

コンコースを足早に行くメーテルのような画廊の女主人は

しゃぼん玉は風の産卵　四階の窓を声なく流れてゆけり

「お父さんはだいじょうぶなの？」うっすらと息子はくゆらす電子煙草を

テーブルは湖面のしずけさ読みかけの歌集をはばたくかたちにひらいて

水鳥はわたしだろうかひらき癖なき『カミーユ』を伏せて置きたり

死を抱くひとはやさしい逆光に首の七つの骨を添わせて

ギャラリーの階段下にじりじりとオイルのような晩夏のひかり

はるる

電柱が運ばれゆけりトラックのうしろに赤い布を靡かせ

こんなにも散らばりている敷道のどんぐり落ちる瞬間に遇えず

終バスもそれほど恐くなくなりて三人降りたるうしろを歩く

一体の仏像になるのが夢でした　切り倒されし大樟の樹は

石蕗の咲きたる路地にぽあぽあと日暮れの濃ゆき時間帯あり

ギャラリーは窓なき空間　晴《はるる》という名を持つひとの写真展を巡る

〈星間空間〉

日日《にちにち》の境なかりしこの冬のわれを支えし水仙の花

山の名前を教えてくれるひとは傍らに今いないけど　丹沢が見える

感情を合わせることはできなくて体操教室ひとり抜けたり

〈星間空間〉飛行つづける探査機は音楽をみずから聴きしことあらん

「自分の目で確かめてから決めなさい」主治医は語るホスピスのこと

中庭の竹林さやぐレストラン　医師の会話を背に聞きながら

洗面所の鏡の隅に映りたる夫の残した青いハブラシ

夜の階段

たましいと入れ替わるからひたひたとひとのうしろを従いてはいけない

足首が通り過ぎゆく傍らに青白く咲くしゃがの花群れ

病室の窓から見える高取山あなたが最後に教えてくれた

なきがらとなりて戻れるひとのため扉をひらく夜の階段《きだはし》

先導する息子の車にゆっくりと棺はくぐる桜並木を

はかなごと

葉桜の並木の下をうつむいて通り過ぎゆくおもかげのひと

病院より戻りし夫のパジャマにはタグ付いておりフナカワケンイチ

ひといきに百合の蕾はひらきたり遺影となりたるひとのかたえに

今頃の雨は緑を燃やす雨　窓に見ておりただ見ておりぬ

朝な朝な蠟燭をともすはかなごと知るひともなき孤り居なれば

誰もいない　だれもいないと蠟燭の炎のまわりに風は寄り来る

らいねんのさくらのころにはおちつくとやさしいことばをちらちらさせて

のぼりゆくひつぎが少しかしぎたる気配の残りし夜の踊り場

地軸から傾きゆけるヘリコプター漂いながら曇天の下

暮れ方の川の流れの音がする雑木林はただ風のなか

窓を見ながら

歩道橋ひとり渡ればゆっくりとひるがおいろの雲が近づく

午前零時ゆるゆるゆるゆるとタクシーが流れつく見ゆひかりの岸辺に

たまに来る息子は電池の交換と振子時計のおくれをなおす

納得のいく死かもしれないと読み返すごと日をたどりゆく

夫の死を境の before after を語る人あり窓を見ながら

朝々を掃くベランダに落ちているくちばしのようなゆうがおの花

とぎれたる雨の隙間をじわじわと圧する蟬声　夏は果てゆく

忘れもの

気がつけばわれのめぐりの半分は夫、あるいは妻のなきひと

何でもいいから食べる楽しみ失えば老い早まると子は諫めたり

忘れものしたように不意に思い出す一度も海を見なかった夏

家じゅうの通気小窓をとざしゆく夜半に豪雨となりたるゆえに

傍らに夫が居たのか今頃は　祭りのおわりの花火見上げる

酸棗仁湯

駅広場の時計台の周辺をもやもやもやとこうもりは飛ぶ

眠れない夜をおそれき　玄関の鍵かけなおすまじないのごと

わたくしのいのちのために一本のフランスパンを凍らせておく

留守番のような真昼間「北岳に登ってくるよ」と出掛けし夫の

けやきビル四階の神経内科医院扉がひらくたび目を瞑りたり

金色の破片が窓に降り注ぐあれは無数の落葉のかがやき

「漢方を試してみてはいかがです」背中が少し暖かくなる

ねむれるというおまじないざらざらとのみどを下る酸棗仁湯《サンソウニントウ》は

早まる季節

冬の雨にビニール傘は似合わないと思いつつ差すビニール傘を

日暮れにはきっと降る雪　路上から空から消えてゆくカラス達

すこしずつ早まる季節についていく手折りたくなる水仙の花

なつかしく今は思える急ぐとき夫に吃音あらわれしこと

犬の散歩　スーパーでの買い物　立ち話みな襞のあるマスクを付けて

ひとつぶのたねはかぼちゃにはあらずベランダに咲く冬のひまわり

誰もいない家に戻りしことに慣れて立ちたるままにテレビをつける

このままに春を迎えることはもうなかりしひとの靴を処分す

去年のさくら

みずいろと白とみどりの花籠が届きし今日で一年を経つ

半年ほど電車に乗らぬはウイルスのせいではなくて用事なきゆえ

「本当に今年でなくてよかった」と子等と語りぬ遺影を前に

新しい塔婆を一本立てるため古い塔婆を二、三本抜く

自治会副会長われに似合わぬ役どころまわりて来たる三月はじめ

できるだけ遠くへ飛んで戻れない鳥になりたい日の暮れどきは

気象予報士の告げる開花予想日にありありと去年のさくら思ほゆ

北窓の夜の桜は見ておけという形相に吹かれいるべし

夢のなかまで

壁紙や照明器具を選ぶときすこし忘れるあなたのことを

一枚の生かもしれずさまざまな絨毯を見て買わずに帰る

いっときの風をとらえてベランダに烈しく揺るる羽衣ジャスミン

思ったのとどこか違えどとりあえず盆燈に似たあかりをつける

眠り浅き日々を重ねていつよりか深き眠りの感覚忘れし

リフォームを終えたるころにひっそりと発芽しており水のアボカド

床に置くテレビの残響　日の暮れの居間には一脚あなたの椅子が

この次はわたしが確かにいなくなるへやを視ている窓のくすのき

フロアーに届くひかりはまっすぐに夜をつらぬく夢のなかまで

明け方の雨は途絶えて輪郭を持たない鳥の声が響ける

生きている声

透明な傘を連ねてマスクして息浅くして坂を登れる

こんな日を知っていたのか線だけが晒されており晩年の絵は

うす暗き竹藪にある棕櫚の木はからすが植えたと亡夫より聞く

向こうから来るのは知り人かもしれず頭を満月に照らされながら

生きている者は生きている声で老いてゆきたりひと夏ごとに

死んだセミとそうでないセミの見分け方孫は語りぬ脚が違うと

体当たりせし夜のセミに驚きぬ木と間違えたねと孫はつぶやく

カーテンの内側からの立ち位置で安心するのはよくない事と

「お母さんの沸点は早い」まっすぐに切り返さるる娘と息子に

盆過ぎてくらげが増えるふるさとの海は紺色　遠ざかりゆく

クリアファイル

家具をみな捨てたるへやに絨毯と十年ほど置くベンチを運ぶ

自治会の引継ぎ資料を引き抜いてクリアファイルの宛名を剝がす

「一年間大変お世話になりました」総務部長の最後の配布に

電車には乗らないけれど外向きの顔になるため駅まで歩く

プラットフォームより伸びてゆきたり昼過ぎの快速急行小田原行きは

デザートにと演奏されるドビュッシー「月の光」はやさしく非ず

パソコンでひらく銀河よ「肉眼で見える最も遠い物体」

あれほどに会いたかった人に会いひどく疲れぬ夢より醒めて

冬の陽は写真のフレームに触れるまで静かに近づく　誰も亡きひと

数えれば死者は増えゆく　夜の窓を流るるさくらは誰にも触れず

解説

花山多佳子

沢田麻佐子さんは、私が二十代の頃、塔の同世代として、いつも作品に注目していた人である。一年下だが、すでに歌は完成度が高くて塔での評価も高かった。この『レンズ雲』には当時の初期作品は全く収録されていない。それで、作者には迷惑なことかもしれないが、少しここであげてみたいのである。たとえば一九七二年十二月の塔の作品特集の歌。この頃が沢田さんも私も最も熱心に塔に歌を出していた時期だった。

ひとがたをささえてあゆむすぎゆきのゆうぐれに立つ扉のひとり
風景は水の際よりひろがりてひなたの白き顔うかびきつ
汽車が鋭くレールを裡を抜けるたび闇に膨れし下草が凪ぐ
一日じゅう国旗鳴りわたる晴天のくらさ自滅のごときあかるさ

歌の入口から、違う出口に変っていくような独特の作風である。「あゆむすぎゆきのゆうぐれ」などは、韻律で運ばれた気分があって、主体がぼかされていくのだが、それが自己の不確かさ、孤独を感じさせて共感をおぼえていた。二首目も好きな歌だ。「風景は」という初句は異色であろう。そこに「白き顔」がうかんでくるシュールさ。三首目の「レールを裡を」は、レールを、そして自分の裡を、ということである。「裡」という言葉や、こういう表現は当時はよくあった。が、下の句での実景の推移のリアルさが圧倒的である。四首目は「自滅のごときあかるさ」というフレーズにおどろく。国旗からこのフレーズが出てくる流れがラディカルでいま改めてすごいな、と思うのだ。

私は沢田さんの歌に感覚的に共振するところが多かったと思う。でも沢田さんの歌のほの暗さ、モノトーンで静謐な心象世界が、少し息づまるような気もしていた。まだ二十二、三歳なのである。

沢田さんは富山の人で、塔の北陸歌会に参加していたようである。当時、私が会ったのは一度くらいで名古屋の歌会のときだったかと思う。その後、沢田さんは結婚して関東の地、神奈川県の秦野に移られた。そこで、私は東京歌会に誘ったのだが、彼女は自分の居住地から、二、三駅くらいのところまでしか出てこられない人なのであった。電車に乗るのがまずだめで、まして乗り換えができない。慣れないというのでなく外界恐怖症のようだった。私が近くの駅まで迎えに行って連れていく、ということが二回くらいあっただろうか。

そのうちに二人ともあまり塔に歌を出さなくなって、沢田さんは塔誌上から名前が消えてしまっていた。「また歌を出そうと思うの」と言って、塔に復帰したのは二〇〇七年である。会うことはなかったが、電話では折々に短歌の話をしていた。塔の人の歌もよく読んでいるし、批評はシャープで、復帰はごく自然なことのように思われた。それから沢田さんは、ほんとに自然体にマイ・ペースにずっと歌を出し続けている。

そして二年ほど前に、お連れ合いを亡くされた。そのあとの落ち込みはかなりであったが、その中で歌集をまとめることを思い立った。お手伝いをすることになって、うれしいとともに歳月の巡り合わせを感じている。

雲は過去　等高線をすみやかに越えて来るなり影従えて
オルゴールの針の音きらめく卓上に広場のような秋が来ている

『レンズ雲』は塔に復帰した二〇〇七年から、これまでの十四年の作品を収録している。

まず冒頭のこの二首が目に飛び込んできたとき、おお、と思った。塔に復帰してからの歌は誌上で読んできて、若い時代とは違う平明さ、日常性があると思っていたのだが、作者の本質が意外なほど保たれている。保たれつつ、それが外界へと開かれている。かつては風景がなべて内面的空間に取り込まれていく感じだったが、この二首だと外界を主語として自己収束しない広がり、文体の勢いのようなものが生まれている。「雲は過去」という切り出し方、「卓上に広場のような秋が来ている」のみずみずしさに瞠目した。若い頃の歌のほうが老成していたかもしれない。

こわごわと誰か覗けるマンホールのなかのまばゆき月のひかりを
なにゆえに鉄橋やダム怖るると今なら答えられるだろうか
青空のまま夜が来る　ふわふわとヘリは頭蓋を点らせながら
生き延びし者のごとくにふらふらとコンビニのあかりに寄りゆかんとす
噴水は止まりたるまま　ばらばらに木よりはみ出す影は伸びゆく

読みすすめると、作者の外界に怯えるような感性がプリミティブに表出されている。こういう怯えや存在不安は作者にもとよりあるのだが、ここでは、日常の事象に触れながら異界に触れるような接点がふと取り出されていて、感覚自体を手渡される。

横顔が夫に似ており　いっしんに羽繕いする青きインコは

歌集には時々インコが登場する。インコの横顔を見て夫に似ている、というのがふしぎな魅力がある。「いっしんに羽繕いする」ときに似ているのだ。そこが面白い。一瞬の直観で何かを言い当てるとき、日常の中に異界がふらっと出現する。

子の残ししマウンテンバイクに跨りてうららと夫は午後を出てゆく
若き日に夫の撃ちたる鹿の首突き出ておりぬ居間の壁より
「たくさん食べないと大きくなれないよ」子に言い聞かすごとくインコに
残年にとき放たれていく夫よ今日は金時山を登るらし

あくまで点描としての夫の歌がユニークだ。「夫の撃ちたる鹿の首」はインパクトがある。それが突き出ている居間なのだ。一方、インコにはこんなセリフを言っている夫。「金時山」は近場の箱根の山なのだが、金太郎が過ごしたとされる山で、その名が妙に生きている。アウトドア派で山好きの夫らしく、その存在自体が作者とは異質で、それが歌をいきいきさせているように思う。
しかし歌集の半ばに夫は病を得て亡くなる。

大きめのクッキー缶にしまいたる公正証書は夫からのもの
執刀医ほか三人のドクターのマスク無き貌ネットで確かむ
がん保険給付金等請求書ひとり書きたり折り目を伸ばして
その昔生家に馬のおりしこととまた語りたるぽつりぽつりと

こうしたわずかな記述が、日々の何気ない歌にまじってくるのみである。手続きのこととか事の周辺だけを詠んでいるのが何か切ない。真ん中は考えられず、まして歌えないというリアルが行間ににじむ。
夫亡きあとにむしろ夫の気配は濃くなっているようだ。

のぼりゆくひつぎが少しかしぎたる気配の残りし夜の踊り場
留守番のような真昼間「北岳に登ってくるよ」と出掛けし夫の

でも巻末には次のような歌があって、なぜか「自立」という言葉を思った。

カーテンの内側からの立ち位置で安心するのはよくない事と
壁紙や照明器具を選ぶときすこし忘れるあなたのことを
電車には乗らないけれど外向きの顔になるため駅まで歩く

外界に怯えるような翳はどこかしら作者の生い立ちから纏ったように思われ、同時に若き日の私たちの時代の観念のようでもあり、私は沢田さんの歌のプロセスに関心を持たずにはいられない。作者の内面の殻こそは詩精神を保ち、またそれゆえに外界に開かれていく契機にもなっているのだろう。

雲は過去　等高線をすみやかに越えて来るなり影従えて

歌集を読んできてこの冒頭歌にもどると、また違った感慨が湧いてくる。越えてきた歳月の象徴のようにも思われるのだ。

レンズ雲が山の真上にかかりおりそのまま暮れてゆかんとしたり
雲の影ぺらりと丘陵を走りゆくあのように死は訪れるのか
表情が見えているなら感情もあると思うよ空の雲には
雲ひとつなしと思いし青空に羽毛《ダウン》のような雲が生れたる

雲の歌は若いころの沢田さんにはあまりなかったように思う。『レンズ雲』ではまさに雲の歌が印象的だ。雲や天体、そして地上の季節の空間、時間を感受する純粋な詩精神がどのページにも息づいている。

あとがき

二〇一九年春、身近な人が逝くのを見送り、自分ひとりだけで過ごすとりとめのない日がつづいたとき、歌集を出してみようと思いついた。

パソコンでとりあえず過去の作品を並べて編集しているうちに、当初危惧した自分の作品と改めて向き合うという きまり悪さを通り越して、結構楽しみながら歌の選択を考えたり、改作したりして、思ってもみなかった気力が自分に残っているのに気づいて驚いた。

昔、高安先生から「歌を作っていればいいことがあります」と聞いた言葉は本当だったのだと今、思う。自分の歌集を編むという作業が、無気力だった私を前向きにさせたのだから。

この歌集は、私が「塔」に復帰した二〇〇七年から二〇二一年までの間の作品を選んで収めている。

あまりにも長い期間を経ているので、現在の時代背景とは随分異なる作品も混在していると思うが、そのまま時間の流れのなかに投影された自分の思いを残したかったため、特に削除しないことにした。

歌稿を最初に見ていただいた花山多佳子さんは、まだ玉城姓だった頃から知っている。「塔」の歌会を通じて今までに三、四回程度しか会ったことはないけれど、直接、彼女を知っていたことは幸運だったと思う。

その花山さんから、貴重なアドバイスと解説文をいただいてとてもうれしい。

周子さんにはすてきな装幀を、青磁社の永田淳さんからは、歌集を出版する過程までのさまざまな決まり事を教えていただいた。

皆様にこころより感謝いたします。

二〇二一年七月

沢田　麻佐子

歌集 レンズ雲

塔21世紀叢書第400篇

初版発行日　二〇二一年十月二十日
著　者　沢田麻佐子
定　価　二五〇〇円
発行者　永田　淳
発行所　青磁社
京都市北区上賀茂豊田町四〇―一（〒六〇三―八〇四五）
電話　〇七五―七〇五―二八三八
振替　〇〇九四〇―二―一二四二二四
https://seijisya.com
装　幀　花山周子
印刷・製本　創栄図書印刷

ISBN978-4-86198-512-6 C0092 ¥2500E